세상에서 겁날 게 없다는 힘센 호랑이가
쫄깃쫄깃 맛있는 곶감을 무서워한대요.
호랑이가 벌벌 떨 정도로
곶감은 정말 무서운 것일까요?

추천 감수_ 서대석
서울대학교와 동 대학원에서 구비문학을 전공하고 문학박사 학위를 받았습니다. 한국 구비문학회 회장과 한국고전문학회 회장을 지냈으며, 1984년부터 지금까지 서울대학교 인문대학 국어국문학과 교수로 재직 중입니다. 〈한국구비문학대계〉 1-2, 2-2, 2-6, 2-7, 4-3 등 5권을 펴냈으며, 쓴 책으로 〈구비문학 개설〉, 〈전통 구비문학과 근대 공연예술〉, 〈한국의 신화〉, 〈군담소설의 구조와 배경〉 등이 있습니다.

추천 감수_ 임치균
서울대학교 대학원에서 고전소설 연구로 문학박사 학위를 받고 현재 한국학중앙연구원 한국학대학원 어문예술계열 교수로 재직 중입니다. 한국학중앙연구원에서 문헌과 해석 운영위원으로 활동하고 있으며, 고전소설의 대중화 방안을 연구하여 일반인들에게 널리 알리는 일에 앞장서고 있습니다. 쓴 책으로 〈조선조 대장편소설 연구〉, 〈한국 고전소설의 세계〉(공저), 〈검은 바람〉 등이 있습니다.

추천 감수_ 김기형
고려대학교와 동 대학원에서 구비문학을 전공하고 문학박사 학위를 받았습니다. 현재 고려대학교 문과대학 국어국문학과 부교수로 판소리를 비롯한 우리 문학을 계승 발전시키기 위해 노력하고 있습니다. 쓴 책으로 〈적벽가 연구〉, 〈수궁가 연구〉, 〈강도근 5가 전집〉, 〈한국의 판소리 문화〉, 〈한국 구비문학의 이해〉(공저) 등이 있습니다.

추천 감수_ 김병규
대구교육대학을 졸업하고 한국일보 신춘문예에 동화가, 중앙일보 신춘문예에 희곡이 당선되면서 작품 활동을 시작했습니다. 대한민국문학상, 소천아동문학상, 해강아동문학상 등을 수상했으며, 현재 소년한국일보 편집국장으로 재직 중입니다. 쓴 책으로 〈나무는 왜 겨울에 옷을 벗는가〉, 〈푸렁별에서 온 손님〉, 〈그림 속의 파란 단추〉 등이 있습니다.

추천 감수_ 배익천
경북 영양에서 태어났습니다. 1974년 한국일보 신춘문예에 동화가 당선되었고, 〈마음을 찍는 발자국〉, 〈눈사람의 휘파람〉, 〈냉이꽃〉, 〈은빛 날개의 가슴〉 등의 동화집을 펴냈습니다. 한국아동문학상, 대한민국문학상, 세종아동문학상 등을 받았으며, 현재 부산 MBC에서 발행하는 〈어린이문예〉 편집주간으로 일하고 있습니다.

글_ 안선모
인천교육대학교를 졸업하고 1992년 월간아동문예작품상, 1994년 MBC창작동화대상, 1996년 제16회 해강아동문학상을 수상했습니다. 쓴 책으로 〈마이 네임 이즈 민 케빈〉, 〈초록별의 비밀〉, 〈모래 마을의 후크 선장〉, 〈나는야 코메리칸〉, 〈안경 낀 도깨비 뿌뿌〉 등이 있습니다.

그림_ 정지예
경기대학교에서 서양화를 전공하고 KBBY 일러스트 원화전 초대작가로 선정되어, 프랑스 파리 퐁피두 센터 초청작가전과 아시아 비엔날레 수상작가전에 참가했습니다. 1, 2회 출판미술 신인대상전 황금도깨비상을 수상했습니다. 출판미술가협회 회원으로 프리랜스 일러스트레이터로 활동 중입니다. 그린 책으로 〈꼬마 요술쟁이 꼬슬란〉, 〈커다란 생쥐〉, 〈내 별엔 풍차가 있다〉 등이 있습니다.

소년한국
우수어린이
도서수상

〈말랑말랑 우리전래동화〉는 소년한국일보사가 국내 최고의 도서 제품을 선정하여 주는 우수어린이 도서를 여러 출판사의 많은 후보작과의 치열한 경쟁을 뚫고 수상하였습니다.

말랑말랑 우리전래동화

41 웃음과 풍자

호랑이와 곶감

발 행 인 박희철
발 행 처 한국헤밍웨이
출판등록 제406-2013-000056호
주   소 경기도 성남시 분당구 금곡동 444-148
대표전화 031-715-7722
팩   스 031-786-1100
편   집 이영혜, 이승희, 최부옥, 김지균, 송정호
디 자 인 조수진, 우지영, 성지현, 선우소연
사진제공 이미지클릭, 연합포토, 중앙포토

△ 주의 : 본 교재를 던지거나 떨어뜨리면 다칠 우려가 있으니 주의하십시오.
　　　　　고온 다습한 장소나 직사광선이 닿는 장소에는 보관을 피해 주십시오.

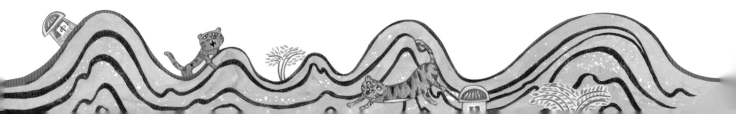

호랑이와 곶감

글 안선모 그림 정지예

한국헤밍웨이

옛날 깊은 산속에 힘자랑하기 좋아하는
어리석은 호랑이가 살고 있었어.
이놈은 어슬렁거리면서 다른 동물 겁주기를 좋아했지.
"어흥, 널 잡아먹어 버릴 테다!"
다른 동물들은 호랑이 발소리만 들어도 벌벌 떨었어.

깜깜하고 추운 겨울밤, 호랑이는 먹이를 찾아
산속을 어슬렁거리고 있었어.
"이번엔 겁만 주지 않을 거야. 한입에 먹어야지."
호랑이는 며칠 동안 배를 쫄쫄 굶었거든.
그때 토끼 한 마리가 뛰어가는 게 보였어.

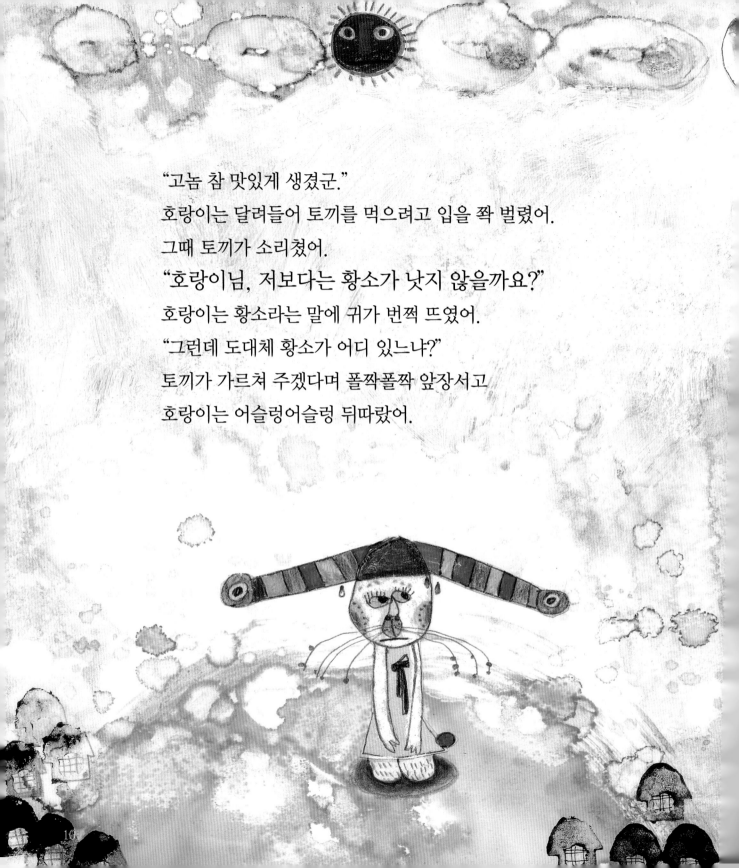

"고놈 참 맛있게 생겼군."
호랑이는 달려들어 토끼를 먹으려고 입을 쫙 벌렸어.
그때 토끼가 소리쳤어.
"호랑이님, 저보다는 황소가 낫지 않을까요?"
호랑이는 황소라는 말에 귀가 번쩍 뜨였어.
"그런데 도대체 황소가 어디 있느냐?"
토끼가 가르쳐 주겠다며 폴짝폴짝 앞장서고
호랑이는 어슬렁어슬렁 뒤따랐어.

산기슭 외딴집에는 참말 커다란 황소가 있었어.
황소는 외양간에서 코를 골며 자고 있었지.
호랑이는 황소 먹을 생각에 신이 났어.
'저 큰 황소를 먹으면 며칠은 배가 부르겠는걸.'
호랑이는 침을 꿀꺽 삼키며 마당을 가로질러 갔어.

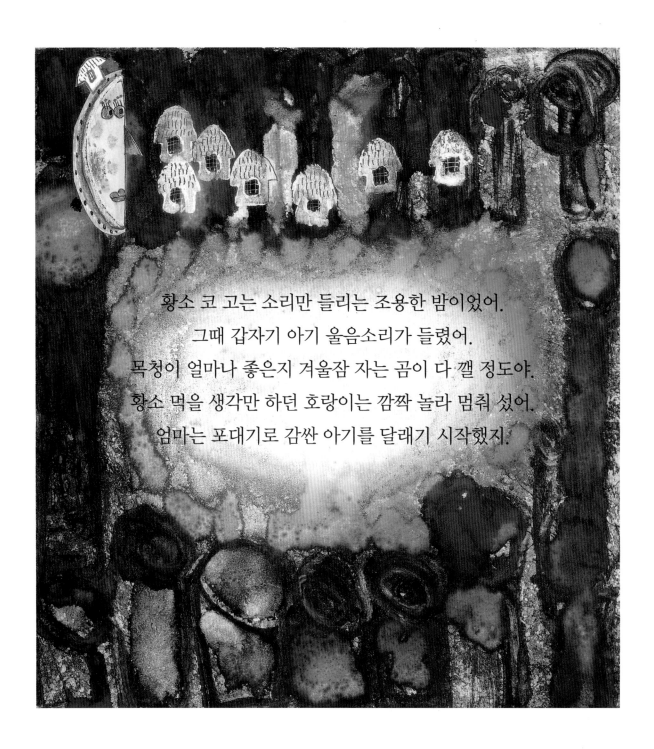

황소 코 고는 소리만 들리는 조용한 밤이었어.

그때 갑자기 아기 울음소리가 들렸어.

목청이 얼마나 좋은지 겨울잠 자는 곰이 다 깰 정도야.

황소 먹을 생각만 하던 호랑이는 깜짝 놀라 멈춰 섰어.

엄마는 포대기로 감싼 아기를 달래기 시작했지.

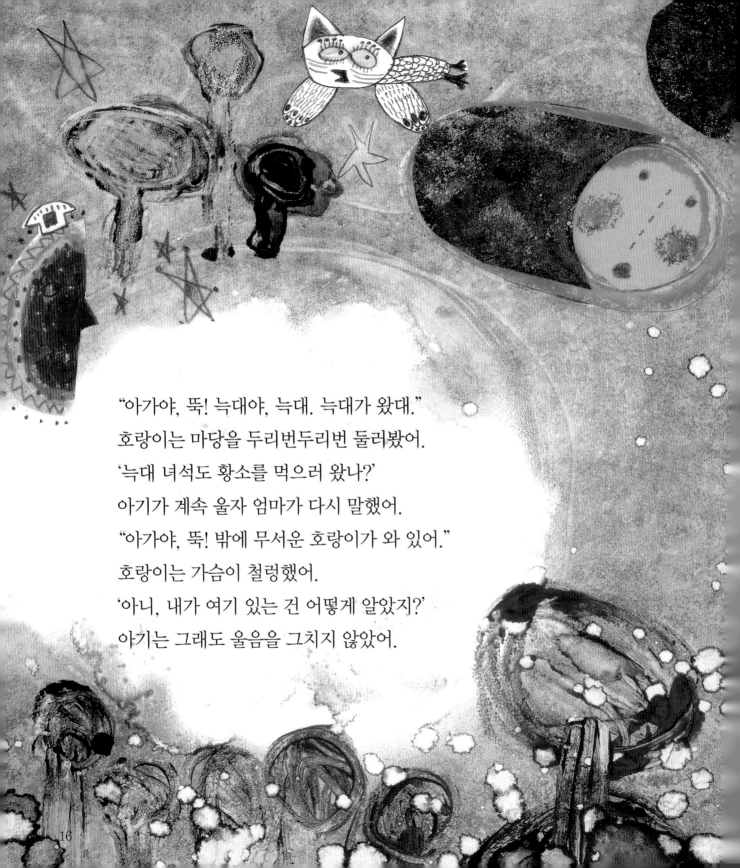

"아가야, 뚝! 늑대야, 늑대. 늑대가 왔대."
호랑이는 마당을 두리번두리번 둘러봤어.
'늑대 녀석도 황소를 먹으러 왔나?'
아기가 계속 울자 엄마가 다시 말했어.
"아가야, 뚝! 밖에 무서운 호랑이가 와 있어."
호랑이는 가슴이 철렁했어.
'아니, 내가 여기 있는 건 어떻게 알았지?'
아기는 그래도 울음을 그치지 않았어.

엄마가 다시 아기에게 말했어.
"곶감이야, 곶감. 아가야, 뚝!"
그 말에 아기가 울음을 뚝 그쳤어.
호랑이는 온몸의 털이 삐죽삐죽 서는 것 같았어.
'곶감? 곶감이 어떤 놈이기에 저렇게 무서워하지?'
호랑이는 곶감이 나타날까 봐 겁이 났어.

호랑이는 슬금슬금 뒷걸음질을 쳤어.
그런데 엉덩이에 뭔가가 툭 부딪치더니
제 몸을 더듬는 게 아니겠어.
'어이쿠, 곶감인가 봐.'
호랑이는 깜짝 놀라서 풀쩍 뛰어올랐어.
그건 곶감이 아니라 황소를 훔치러 온 소도둑이었지.
소도둑은 뭔가 뭉클한 것이 닿자, 꽉 움켜쥐었어.
'옳거니, 뿔이 없는 걸 보니 송아지로구나.'

호랑이는 곶감에게서 도망치려고 냅다 달렸어.
빨리 달리면 곶감이 떨어질 줄 알았거든.
엉겁결에 호랑이 등에 탄 소도둑은 더 세게 움켜잡았지.
'아이고, 송아지 녀석이 빠르기도 하네.'
호랑이는 사립문을 빠져나가 산길을 달리기 시작했어.

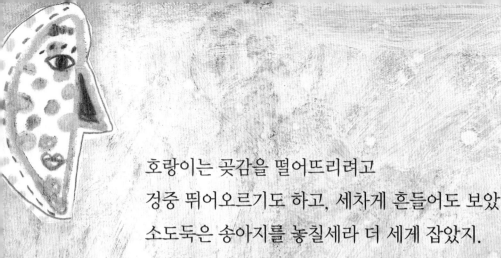

호랑이는 곶감을 떨어뜨리려고
껑충 뛰어오르기도 하고, 세차게 흔들어도 보았어.
소도둑은 송아지를 놓칠세라 더 세게 잡았지.
조용하고 깜깜한 숲 속이 시끄러워졌어.
호랑이가 산등성이를 세 개나 넘으면서
산속 동물들을 다 깨웠거든.
호랑이와 소도둑은 밤새도록 달리고 또 달렸어.

호랑이는 숨이 턱까지 차올랐어.
'헉헉, 이젠 못 뛰겠어. 곶감아, 차라리 날 잡수셔.'
소도둑은 곧 온몸을 바들바들 떨기 시작했어.
어느덧 날이 밝아 왔고, 그제야 자기가
호랑이 등에 올라탄 걸 알게 된 거야.
소도둑은 잽싸게 내려 커다란 나무로 올라갔어.
'후유, 살았다.'

호랑이는 갑자기 등이 가벼워진 걸 느꼈어.
"아이고, 이제야 떨어져 나갔구나."
때마침 지나가던 토끼가 호랑이한테 다가왔어.
"호랑이님, 어젯밤에 황소 고기는 잘 드셨나요?"
"황소 고기? 말도 마!"
호랑이는 간밤에 일어났던 일을
토끼에게 *미주알고주알 이야기해 주었어.

*미주알고주알 : '아주 사소한 일까지 샅샅이' 라는 뜻이에요.

토끼는 호랑이가 말한 곶감을 보러
커다란 나무가 있는 곳으로 가 보았어.
그런데 웬 사람이 나무 구멍 속에서 잠들어 있는 거야.
토끼는 호랑이가 속은 걸 알아챘어.
'못된 호랑이, 골탕 좀 먹어 봐라.'
토끼는 풀숲에 숨어서 크게 외쳤지.
"호랑이다!"
그 소리에 소도둑이 깜짝 놀라서 후다닥 도망쳤어.

토끼는 나무 구멍 속에 밤송이를 넣은 다음
호랑이에게 달려가서 말했어.
"곶감이 나무 구멍 속에 있어요. 혼쭐을 내 주세요."
호랑이는 하는 수 없이 토끼를 따라갔어.
"이 속에 꼬리를 늘어뜨려 곶감을 낚아요."
호랑이는 머뭇거리며 꼬리를 늘어뜨렸어.
"아얏! 곶감이 날 물어뜯네. 호랑이 살려!"
뾰족뾰족한 밤송이가 호랑이 꼬리를 쿡쿡 찌른 거야.
호랑이는 화들짝 놀라 뒤도 돌아보지 않고 도망쳤대.

호랑이와 곶감 작품해설

<호랑이와 곶감>은 어리석은 호랑이가 곶감을 자기보다 무서운 존재로 착각하고 도망가는 과정을 묘사한 이야기입니다. 이 이야기는 어리석은 호랑이를 주인공으로 내세워 강자가 그 어리석음으로 인하여 오히려 패배하는 내용을 해학적으로 표현하고 있습니다.

어느 추운 겨울날, 호랑이는 먹잇감을 구하러 다니다가 토끼 한 마리를 잡았습니다. 호랑이에게 잡아먹히게 된 토끼는 자기 대신 황소를 잡아먹으라며 황소가 있는 곳을 가르쳐 줍니다. 호랑이는 토끼가 가르쳐 준 산기슭 외딴집으로 황소를 잡아먹으러 가지요.

호랑이가 황소를 보고 침을 꿀꺽 삼키고 있는데 방 안에서 아기 울음소리가 들렸습니다. 엄마는 아기를 달래려고 밖에 무서운 호랑이가 와 있다고 말해 보지만 아기는 울음을 그치지 않았습니다. 그런데 곶감이라는 소리에 울음을 뚝 그치지요. 그 소리를 들은 호랑이는 곶감이 나타날까 봐 겁이 났습니다.

그런데 그 순간 소도둑이 나타나 호랑이를 황소로 잘못 알고 목덜미를 움켜쥐었어요. 호랑이는 소도둑이 곶감인 줄 알고 곶감을 떨어뜨리려고 냅다 달리기 시작했지요. 호랑이는 밤새 달리고 또 달렸어요. 날이 밝자 소도둑은 자신이 호랑이에게 올라탄 걸 알고 호랑이의 등에서 떨어집니다.

호랑이는 때마침 그곳을 지나가던 토끼에게 지난밤 있었던 일을 이야기해 주었어요. 토끼는 잘난 체하는 호랑이를 골려 주려고 곶감이 있다는 나무 구멍 속에 밤송이를 집어넣은 다음 호랑이를 불러옵니다. 호랑이가 곶감을 낚아 올리려고 나무 구멍 속에 꼬리를 넣은 순간 뾰족한 밤송이에 찔리게 되고, 깜짝 놀란 호랑이는 도망을 칩니다.

옛날 가난하고 힘없는 백성들은 토끼가 어리석은 호랑이를 골려 주는 모습을 보면서 힘 있는 사람들에게 받았던 설움을 풀었답니다.

꼭 알아야할 작품 속 우리 문화

곶감

감은 익은 정도에 따라 맛이 달라요. 단단하게 잘 익은 것을 '단감'이라고 하고, 물컹하게 푹 익으면 '홍시'라고 하지요. 곶감은 아직 덜 익어 떫은맛이 나는 감을 따서 껍질을 벗겨 대꼬챙이나 싸리 꼬챙이에 꿰어 말린 거예요. 곶감을 만들어 두었다가 과일이 많이 나지 않는 겨울철에 먹었어요.

황소

황소는 한우 가운데 수컷을 말해요. 우리 조상들은 주로 농사를 지으며 살았어요. 농사일을 하려면 사람의 힘으로는 부족했어요. 그래서 가축 중에서 특히 황소를 이용해 농사일을 했지요. 황소는 쟁기를 등에 얹어 논밭을 갈게 하거나, 무거운 짐을 옮길 때 주로 이용했어요.

포대기

아기의 작은 이불을 포대기라고 해요. 포대기는 아이를 등에 업을 때 흘러내리지 않게 감싸 주기도 하고 이불로 쓰기도 해요. 커다란 천의 양쪽에 끈이 달려 있어 그 끈을 질끈 묶으면 아기를 등에 업기 쉽지요.

조상의 지혜를 배우는 속담 여행

〈호랑이와 곶감〉에서 호랑이는 곶감을 몰랐기 때문에 곶감을 잘 아는 토끼에게 골탕을 먹었어요. 이렇게 무언가에 대해 잘 알고 덤비는 상대는 이기기 힘들지요. 여기에서 배울 수 있는 속담을 알아보아요.

아는 놈 당하지 못한다

어떤 일이나 사물에 대해 잘 알고 덤비는 상대는 이길 수 없음을 이르는 말이에요.

전래 동화로 미리 배우는 교과서

🐯 호랑이는 왜 곶감을 무서워하게 됐을까요?

🐯 토끼는 자신을 잡아먹으려는 호랑이에게 황소를 먹는 게 더 낫다고 해서 살 수 있었어요. 토끼가 위기를 넘길 만한 또 다른 꾀를 말해 보세요.

🐯 아래 동물 중 이 동화에 나오지 않은 동물을 찾아보세요.

💜 1~2학년군 국어 ②-나 9. 상상의 날개를 펴고 245~247쪽